Kurioversum Stories

Matthias Houben

Kurioversum Stories

Kurzgeschichten von Erinnerungen und Einbildungen

aus einem kuriosen Kopfuniversum

Matthias Houben

Bibliografische Information der Deutschen Nationalbibliothek:
Die Deutsche Nationalbibliothek verzeichnet diese Publikation in der Deutschen Nationalbibliografie; detaillierte bibliografische Daten sind im Internet über http://dnb.dnb.de abrufbar.

Coverentwurf, Bilder und Texte:
© *2014 Matthias Houben*

http://www.litbit.de

Herstellung und Verlag: BoD – Books on Demand, Norderstedt

*ISBN: 978-3-**7347-4735-9**

Inhalt

Am Ende der Zeit – fünf Ziffern............................ 7

Wolkenspiele.. 15

Grenzgänger... 28

Winter am Meer.. 33

Der Dichter und sein Volk 39

Ein Tauber in Lykien 45

Gespräch mit einem Alien.................................. 57

Wellengespräche 65

Kaffee 76

mit einem Verschwörungstheoretiker............... 76

Weitere Texte des Autors 86

Am Ende der Zeit – fünf Ziffern

Uhren bleiben nicht stehen, sie gehen kaputt.

Die Uhr am Handgelenk sieht immer noch gut und teuer aus, funktioniert aber nicht mehr, wie ihr Träger. Die Uhr lässt sich reparieren, der Mann, an dem sie hängt nicht mehr.

Während ich mich ungelenk bücke und das Schild mit der Ziffer fünf aufstelle, läuft mir ein Schweißtropfen von der Stirn über die linke Augenbraue und tropft auf das Innere meines Brillenglases, wo er langsam eine schwammige

Schliere hinterlässt.

Mit links sehe ich normalerweise durch das Objektiv und kneife dabei das rechte Auge zu.

Den frischen Duft von Grün atme ich im Wald auch normalerweise durch die Nase ein, hier und jetzt tue ich das nicht.

Mein weißes Plastik – Ganzkörperkondom, knistert leicht, als ich mich mit dem rechten Knie behutsam, aber wackelig, auf dem feuchten Boden abstütze und mir einrede: alles Wasser, vom letzten Regenguss.

Dunkelbraunes Wasser, an einigen Stellen noch leicht rötlich das Sonnenlicht reflektierend, wenn die Sonne durch die Blätter sticht und mir den Schweiß zwischen Plastik und T-Shirt runterrinnen lässt, bis alles nur noch riecht und klebt.

Wie das Haar, das ich jetzt ganz nah aufnehmen soll, dann das Handgelenk, oder das, was davon übrig ist. Und natürlich die Uhr.

Die kurzen Kommandos der anderen dringen entfernt zu mir herüber, ich bin der letzte Mann am toten Mann. Die anderen suchen die nähere Umgebung ab.

Zigarettenreste, Fußspuren, Gegenstände, die hier nicht vermutet werden, alles, was nicht direkt sagt: Ich bin Wald, ich gehöre dazu.

Wie die Uhr.

Nahaufnahmen von verschorften Kopfwunden rufen bei mir keine Sehschwäche mehr hervor.

Stehengebliebene Uhren schon.

Ich weiß warum, versuche mich aber auf meine Arbeit zu konzentrieren.

Mit Blitz oder ohne Blitz, Blende vier oder besser Blende acht wegen der Tiefenschärfe.

Oder Schärfentiefe?

Ich werde das nie behalten.

Warum müssen die Leute immer nur eine solche Sauerei anrichten?

Reicht nicht ein kurzer Schlag, danach kräftiges Würgen und gut ist?

Ein sauberer, kleinkalibriger Schuss, mit Bedacht angesetzt, am besten noch aufgesetzt.

Nein, es muss richtig ausgelebt werden, mit allem Drum und Dran und ich darf danach darin herumkriechen. Alles fotografisch festhalten, kleine witzige Nummernschildchen aufstellen, aus allen möglichen Blickwinkeln die komplexe

Situation festhalten.

Die klassische Auffindungssituation.

Die Uhr ist stehengeblieben, obwohl das Glas unbeschädigt ist.

Saubere und exklusive Meisterarbeit.

Nicht wie das schlampige Desaster, in dem ich mich jetzt verrenke.

Die grauen Männer mit dem Blechsarg klappern hinter mir ungeduldig herum, sie würden gerne eine rauchen, dürfen aber nicht.

„Kontaminiert mir den Ort hier nicht!" Lieblingsausspruch des alten Herren, der hier das Sagen hat.

Die Nahaufnahme von der Uhr wird schwierig, schräg von unten aufgenommen, mit der noch erkennbaren Tafel fünf im Hintergrund.

Schwierig, wenn du versuchst, dabei nicht auf die tote Hand zu sehen. Aber auch die muss abgelichtet werden.

Ziffer fünf und fünf Finger.

Warum schneidet die einer ab und legt sie sorgfältig wieder hier hin?

Ich muss mich aufrichten, leichter Schwindel lässt mich schwanken.

Diese kleinen schwarzen Pünktchen am unteren Blickwinkel kenne ich schon.

Kreislauf sage ich mir und schlucke schwer.

Hilft nicht wirklich.

Wann erfindet endlich jemand atmungsaktive Verhüterlies?

Wahrscheinlich zu teuer, sie werden ja nach der Arbeit zusammengeknüllt und weggeworfen.

Jeder von uns wird sich nachher ebenso fühlen: zum Wegwerfen.

Scheiß Job, aber irgendwie auch immens interessant, all die Details, von Fall zu Fall anders angeordnet, immer ähnlich und doch jedes Mal individuell.

Bis auf die stehengebliebene Uhr.

Der alte Mann hatte auch eine Uhr, eine antike Wanduhr mit zwei Pendeln an kupfernen Ketten.

Diese Uhr werde ich nie vergessen. Eine Uhr mit fünf Ziffern: Römisch zwölf, drei, sechs neun und völlig aus der Reihe, römisch sieben.

„Marc bist du fertig, dann komm mal her! Hier ist noch was."

Ich winke kurz zurück und stapfe geräuschvoll, mit schlurfenden Plastiküberziehern an den Schuhen, durch das Laub.

Auf meine Frage, was die Ziffer sieben zu bedeuten hat, grinste er mich damals nur mit seinem alten Vogelgesicht an und bewegte den Kopf hin und her, als müsse er sich erinnern oder wäge ab, ob er es mir erzählen soll. Dabei hat er mir viel erzählt über die Zeit, als ich noch nicht geboren war. Wir haben viel spekuliert, was aus der Welt geworden wäre, wenn …

„Hier, mach bitte eine Nahaufnahme und eine vom ganzen Fundort."

Die nächste Sauerei. Fünf Finger in einer Plastiktüte.

Es war immer seltsam still in dem halbdunklen Raum, wenn wir nicht miteinander sprachen. Man konnte nur das gleichmäßige Ticken der alten Wanduhr hören. Ab und zu höre ich sie heute noch und beginne dann zu frösteln. Selbst jetzt, nur bei der Erinnerung trotz Plastikschweißreservoir und fünf Fingern in Plastik, sauber abgeschnitten und zusammengebunden, mit einem roten Faden.

Natürlich bin ich dann irgendwann selbst drauf gekommen: römisch fünf für V und römisch zwei für zwei, V2.

Der alte Nazi hat damals nur gegrinst und vorsichtig gehustet.

Sieht aus, als ob der Täter den Plastikbeutel mit den Fingern verloren hat. Wahrscheinlich gehören die fünf hier zur Leiche, und die, die jetzt neben ihr liegen sind nur ein Hinweis.

Weiß der Teufel auf was, das wird uns wohl noch Kopfschmerzen bereiten.

Dann, an jenem Morgen, als ich bei ihm fragen wollte, ob ich für ihn etwas vom Einkaufen mitbringen solle, stand ich in dem Raum und dachte nur: Was für eine Sauerei.

Er hatte mir einen Schlüssel gegeben, damit er nicht aus seinem speckigen Ledersessel aufstehen musste, wenn ich schellte oder klopfte.

Jetzt würde er nie mehr aufstehen, er hatte sich in den Kopf geschossen.

Natürlich mit so einer alten Kriegsveteranenwaffe. Dass die überhaupt noch funktioniert hatte.

Ich stand nur da und hörte nichts, kein Knistern, kein Keuchen, kein Uhrticken.

Sie war stehengeblieben: Fünf vor zwölf und blickte angeekelt auf das leblose Inferno, hatte ihre

Arbeit eingestellt, als sei die jetzt nicht mehr nötig.

Fünf vor zwölf, fünf Finger, und ich bin jetzt bei Hinweis Sieben angelangt.

Alles holt mich immer wieder ein.

Der Schweiß an meinem ganzen Körper ist kalt geworden.

Die Enden von Geschichten scheinen ineinander zu verlaufen, wie kleine Regenrinnsale, die sich zu einer großen Pfütze vereinen.

Es ist immer scheinbar dasselbe und doch ist es immer anders.

Die Batterien vom Blitz sind leer und ich habe keine in Reserve.

Hoffentlich findet sich nicht noch mehr, sonst muss ich noch neue Batterien besorgen.

Wolkenspiele

Eine leere, jungfräuliche Welt.

Warmer, feiner Sand, weit ausgebreitet zu einer endlos scheinenden sanft hügeligen Landschaft lag vor ihm. Ein kaum spürbarer Pfefferminzgeruch wurde herübergetragen, wehte mit einem leichten Sandgrieseln warm um ihn herum.

Er sah auf die Fußabdrücke vor sich im Sand,

seinen Weg querend, barfuß offenbar, immer zwei Abdrücke nebeneinander, leicht versetzt, in einer langen Reihe, die sich zum Horizont hin auflöste.

Soweit zum Thema „private Cloud".

Er trug Schuhe und hier, in seiner privaten Welt, so war es ihm jedenfalls versprochen worden, durchquerte irgendjemand die Welt, die er erst noch erschaffen wollte.

Die bunte Verpackung hatte er erwartungsvoll geöffnet, die Datenbrille und das Sensor-Set herausgenommen, die lose herabhängenden Kabel mit seinem Computer verbunden.

Ohne die Anleitung genauer zu lesen, das tat er nie, hatte er sich die Brille aufgesetzt, das Stirnband mit den Sensoren übergestreift und das Programm gestartet.

„Schaffen Sie sich Ihre eigene Welt."

Jetzt war er hier, mittendrin und er war nicht allein.

Sein Blick wanderte von den Fußandrücken im Sand zum Horizont und wieder zurück. Die Entscheidung konnte lauten, weiterzugehen und die Fußspuren im Sand zu ignorieren, oder ihnen zu folgen.

Einen Moment überlegte er, selbst die Schuhe auszuziehen, als Kennzeichen seines Protestes, um zu zeigen, dass er Widerstand leisten würde, kam sich dabei aber idiotisch vor und ließ es sein.

Der Wind hatte gedreht und begann nun allmählich die Spuren im Sand zu verwischen. Feine Sandfahnen wehten vor ihm her, als er den gerade noch sichtbaren Abdrücken folgte und selber neue hinterließ. Es war heiß, der Himmel, oder das, was er für Himmel hielt, zeigte sich in einem wolkenlosen Blau.

Erst jetzt bemerkte er das Fehlen seines Schattens. Er konnte sich einmal um sich selbst drehen, ohne das schwarze Abbild von sich auf dem Boden zu entdecken. Dabei hätte er beinahe die Spur, der er folgen wollte, verloren. Er begann vorsichtig zu sprinten, schwankte zunächst noch leicht, da der Sandboden unter seinen Füßen nachgab, wurde dann jedoch sicherer und stellte mit Vergnügen fest, dass er kaum eine Anstrengung verspürte. Dreimal einatmen und dann viermal ausatmen, perfekt synchronisiert mit seinem Laufschritt.

Ohne jegliches Zeitgefühl durchquerte er die

gleichförmige Landschaft. Den einen Hügel hoch und wieder herunter, dann den nächsten Hügel und den darauf folgenden. Der Geschmack der Luft veränderte sich, sie war merklich kühler geworden und schmeckte nach Salz. Außer dem gleichmäßigen Einatmen und Ausatmen vernahm er kein Geräusch.

Nur wenn er kurz stehen blieb, um sich zu orientieren, nach den Barfußspuren zu suchen, glaubte er neben dem leisen Rieseln des Sandes ein fernes Rauschen zu hören. Das konnte aber auch sein eigener Blutdruck sein, der in den Ohren rauschte.

Während er noch über das Geräusch in den Ohren nachdachte, fiel ihm auf, dass er weder eine Brille noch ein Stirnband trug. Wobei ihn verwirrte, dass er das erwartet zu haben schien.

Obwohl sein Mund trocken wurde, das Atmen ihm jetzt deutlich schwerer fiel, rannte er weiter. Zweimal einatmen, dreimal ausatmen. Er begann schneller zu rennen, fühlte die Waden hart werden, wenn er den Hügel hochlief und die Oberschenkel fester, wenn er wieder herablief.

Zurück blieben seine Spuren im Sand, ein

nackter Fußabdruck und ein beschuhter neben einer kaum noch sichtbaren fremden Spur. Er musste einen Schuh verloren haben und trennte sich von dem verbliebenen, der ohnehin voll Sand geraten war und ihm Zehen und Ferse wund scheuerte.

Der Horizont vor ihm begann sich leicht zu verfärben, das helle Blau wurde zerfasert von grauen Streifen, die sich zu dicken schwarzen Ballen formten. Der Wind hatte zugenommen und blies ihm jetzt Staubkörner ins Gesicht. Seine Augen begannen zu tränen, auf seiner Gesichtshaut und den Armen schmirgelte es leicht. Feine Stiche, die jedoch zunahmen und erst wieder erträglicher wurden, als er sein Tempo verlangsamte.

Die Spuren, denen er gefolgt war, konnte er nicht mehr sehen. Entweder hatte der Wind sie verwischt, oder seine tränenden Augen konnten sie nicht mehr entdecken. Die Welt um ihn herum wurde dunkel und verschwommen. Als hätte er sich beim Laufen auf die Zunge gebissen, verspürte er einen Blutgeschmack im Mund.

Ein dicker Tropfen klatschte mitten auf seine

Stirn. Er war so erschrocken zusammengezuckt, dass er mit einem Knie den Boden berührte und oben auf einem Hügel halb gebückt innehielt. Als hätte jemand auf ihn geschossen. Dann noch einmal, in immer schnellerer Folge verspürte er die Treffer, an Armen, Beinen, auf der Brust. Er musste den Kopf senken, damit sein Gesicht nicht getroffen wurde, kauerte sich zusammen, bedeckte mit der Hand die Augen und versuchte nach vorn zu blicken. Da kam etwas auf ihn zu, rauschte und stöhnte, trieb Staubfontänen vor sich her, die von Regensalven beiseite gewischt wurden, bis sie ihn mit voller Wucht trafen.

Er ließ sich ein Stück den Hügel herunterrutschen und bot dem Angreifer den Rücken dar, der jetzt gleichmäßig massiert wurde, abwechselnd wie mit einer Drahtbürste abgezogen und dann von tausenden harten, spitzen Schlägen erschüttert. Das Wasser, das von seinem Gesicht in den Sand dicht vor seinen Augen tropfte, schien sich rot zu färben.

Ein doppeltes Krachen mit von allen Seiten zurückrollendem Echo ließ ihn zusammenfahren.

„Was machst du da?"

Zuerst nahm er nicht wahr, dass jemand mit ihm sprach.

„Hey, ich rede mit dir!"

Er versuchte in den Regenschwaden und Sandfontänen eine Gestalt zu entdecken, gab aber sofort mit schmerzendem Gesicht die Suche auf.

„Bist du bescheuert, bei diesem Wetter hier herumzulaufen?"

Er konnte nicht feststellen, woher die Stimme kam, sie schien aus dem Gewittersturm um ihn herum von allen Seiten gleichzeitig zu kommen.

Eine riesige Sandfontänengestalt raste auf ihn zu, breitete die Arme aus, beugte sich vor, direkt zu ihm herunter und fiel plötzlich lautlos zur Seite, von einer Regentropfensalve dahingerafft.

„Du benimmst dich ziemlich blöde, finde ich!"

Ironie war das Letzte, was er jetzt vertragen konnte und er schrie in das Unwetter heraus: „Stell den Scheiß ab! Sofort!"

Tausende Sandfontänen um ihn herum fielen lautlos zu Boden, ein hellblauer Riss zog quer über den Himmel, Wasserrinnsale versickerten im dampfenden Sand.

Er saß nur da und atmete schwer. „Danke."

„Wofür, ich habe nichts gemacht."

Benommen richtete er sich auf, krabbelte den Hügel herauf und blieb erstaunt stehen.

„Gratuliere, saubere Arbeit, ich dachte wirklich zuerst, du wolltest dich nur umbringen."

Er konnte immer noch nirgendwo einen Gesprächspartner entdecken und schaute nur verwirrt auf die bunte Welt vor sich. Weitflächige, sanft grüne Wiesen mit Blumen in allen Farben und Größen wurden durchzogen von leise vor sich hinplätschernden Bächen, in denen sich ein verzerrtes Bild der Blumenwiese spiegelte. Am Horizont eine bläuliche und eine rote Sonne, dazwischen hübsche, weiße Wolkenballen mit roten und blauen Rändern.

Er drehte sich herum und schaute zurück auf die blanke, sonnenlose Wüste hinter sich, aus der er gekommen war.

„Einen Schritt weiter, und ich polier dir die Fresse. Das ist meine Welt!"

„Welche?"

Er bekam keine Antwort und machte versuchsweise einen Schritt in die andere Richtung, herunter auf die Wiese zu.

Ohne jede Reaktion.

„Damit das klar ist, bleib du in deiner Welt, dann bleibe ich in meiner Welt. Wir verstehen uns?"

Die Stimme kam eindeutig aus der Sandwelt hinter dem Hügel, den er vorsichtig wieder hinaufstieg.

„Halt! Bleib sofort stehen!"

Er blieb auf dem Hügel regungslos stehen und starrte über die Sandhügel. „Ich will dich ja nur sehen".

Das schien seinen Gegner zu verwirren, denn es folgte keine Reaktion.

„Ich weiß, dass du da bist, schließlich bin ich deinen Spuren gefolgt. Also zeige dich schon."

Aber es zeigte sich niemand, die Sandwüste lag leer und ausgestorben vor ihm.

In seinem Rücken vernahm er das leise Rascheln von Blumen und Gras, spürte eine angenehme Wärme, während ihn die Hitze von vorn aus der Wüste direkt ansprang und ihm fast den Atem nahm. Kaum zu glauben, dass er diese Landschaft rennend durchquert hatte.

Er stieg den Hügel hinunter und betrat barfuß

die Blumenwiese, deren harte Halme sich unter dem Druck seines Gewichts zur Seite bogen, hinter ihm aber wieder aufgerichtet keine Spur seines Weges anzeigten. Meter für Meter drang er in die Welt ein, die Sandhügel hinter sich lassend, sprang über einen Bach, drehte sich kurz um, um sicher zu sein, dass er die Richtung beibehielt, wurde sich aber sofort bewusst, dass es keine wertvollen Anhaltspunkte mehr gab.

Die kleiner werdende Reihe der Sandhügel in seinem Rücken ließ keinen Schluss mehr zu, von welchem Hügel er losgegangen war. Die verwirrende Vielfalt der ihn umgebenden bunten Blumen, die sich über die weitläufigen, grünen Hügel hinwegzog, ließ ihn ebenso keine genaue Richtung bestimmen.

Er fühlte sich aufgerufen, sich hinzuknien und einen großen Baum zu erschaffen, breitete die Arme weit aus, erhob den Kopf und richtete seine Augen auf einen imaginären Punkt mitten zwischen der roten und der blauen Sonne. Sein Blick wurde aber abgelenkt von einem dahinziehenden, weißen Wolkenballen, der sich um sich selbst drehend unaufhörlich seine Gestalt änderte, um letztendlich, zu einer Seite verweht, sich selbst auflösend zu verschwinden.

Eigentlich erinnerte er sich gar nicht daran, wie er einen Baum erschaffen sollte, obwohl irgendetwas in ihm behauptete es zu wissen.

Nachdem er frustriert wieder aufgestanden und ein weiteres Stück über die Wiese gewandert war, setzte er sich mit übereinandergeschlagenen Beinen hin und betrachtete die Blumen aus der jetzt geänderten Perspektive. Irgendetwas stimmte nicht, ohne dass er feststellen konnte, was genau es war, das ihn störte.

Bunte Blumen in allen Farben, mit heiteren Gesichtern, die munter vor sich hinplapperten. Ein endloses Auf und Ab in einem Stimmengewirr, das ihn kein einziges Wort wiedererkennen ließ. Der leichte Wind beugte die Blumenköpfe hin und her, die dazu fröhlich lachten und ihm etwas zuriefen, was er nicht verstand.

Der plätschernde Bach in seinem Rücken brummelte belustigt vor sich hin und schien ihn mit seinen Scherzen aufziehen zu wollen.

Er jedoch war weit davon entfernt sich hier und jetzt aufheitern zu lassen, egal von wem auch immer. Eher noch verspürte er einen kaum zu unterdrückenden Zwang etwas zu zerstören, Blumen auszureißen und zwischen seinen Händen zu zerreiben. Den Hügel wieder hinaufzuklettern und mit dem Besitzer der Sand Welt zu kämpfen.

„Vergiss es."

Er drehte sich herum, konnte jedoch niemanden entdecken.

Er stand auf, reckte sich, ballte die Fäuste und rief in die Blumenwelt hinaus: „Dies ist eine virtuelle Welt, die vollkommen mir gehört." Kaum hatte es ausgerufen, kam es ihm fremdartig, ja widersprüchlich vor, geschweige denn, dass er selbst verstehen konnte, was er gerade ausgerufen hatte.

„Bullshit! Virtuelle Welt. Ich zeig dir virtuelle Welt."

Ein gebräunter, muskulöser Unterarm tauchte aus dem Nichts vor ihm auf, verlängert durch eine das blaurote Sonnenlicht reflektierende, scharfe Messerklinge. Feine, helle Haare überzogen den Arm und umsäumten eine kräftige Ader, die zwischen Muskelsträngen blau durch die Haut schimmerte. Er verspürte einen stechenden

Schmerz, als die Klinge quer über seinen rechten Unterarm eine schmale, tiefe und rote Linie zog. Den Arm entlang, dem Handrücken folgend tropfte sein Blut auf den Boden.

Er schaute mit tränenden Augen auf den Bildschirm vor sich, auf dem er kaum einzelne Buchstaben entziffern konnte. Die Datenbrille war auf die Tastatur heruntergefallen. Ein leises, gleichmäßiges Geräusch von fallenden Wassertropfen ließ seinen Blick auf seinen herabhängenden Arm und die darunter sich vergrößernde Blutpfütze wandern.

Tropfen für Tropfen glitt über seine nach unten ausgestreckten Finger und fiel dem Boden entgegen.

Höhnisch grinsend hielt ihm der Computerbildschirm riesige, farbige Buchstaben entgegen, die er durch den Tränenschleier mühsam entzifferte.

„Your Private Cloud.

Willkommen in deiner privaten virtuellen Welt."

Grenzgänger

Vorsichtig legte er die rechte Hand auf das brusthohe, schmiedeeiserne Tor. Sein Blick glitt zurück über die linke Schulter, folgte dem geraden Kiesweg, dem er mit leise knirschenden Schuhsohlen hierher gefolgt war.

Ein kurzer Zweifel holte ihn ein, den er aber ärgerlich verdrängte, indem er auch die andere Hand auf das kalte Eisentor legte.

Einmal kräftig durchatmen, das linke Bein

durchschwingen, die linke Ferse oben hinter der Kante der Kante des Tores verhaken, die rechte Hüfte nachziehen, was mehr Kraft kostete, als er vermutet hatte. Aber er war schon drüben, rutschte auf der anderen Seite herunter, schabte sich das rechte Handgelenk am verrosteten Stahl auf.

Sein hastiges, krampfartiges Ausatmen stichelte in die Stille, kurz unterbrochen von einem leisen Nachquietschen des wackelnden Tores. Er musterte mit zusammengekniffenen Augen die dunkle Silhouette des Hauses hinter den Büschen, das ihn mit einem fahlgelben Fensterauge durch die vom leichten Wind bewegten Äste anblinzelte. Soweit war er schon gekommen.

Er wechselte mit schnellen Schritten über den feuchten Rasen, der einen angenehmen Geruch von Frische ausströmte, und blieb vor dem Blumenbeet des erleuchteten Fensters stehen. Tastete nach der Waffe und versuchte sich zu erinnern, was nun zu tun war. Schlitten einmal durchziehen, den Hebel zurückschieben und entriegeln. Alles schon im Fernsehen hundert Mal genau beobachtet.

Aber lauter als er vermutet hätte.

Er blieb erstarrt stehen und sah durch das Fenster auf die Gestalt im Raum.

Der Mann drinnen drehte sich zum Fenster herum, das Rotweinglas in der Hand und blickte versonnen nach draußen.

Er wusste noch genau, was er selbst gestern Abend durch das Fenster gesehen hatte. Einen kurzen Moment den schemenhaften Umriss eines Mannes, der sich beim einsetzenden Nieselregen vor dem Hintergrund der nachtschwarzen Büsche auflöste und verschwand.

Er war in Gedanken versunken durch das Zimmer geschlendert und hatte den flüchtigen Eindruck sofort wieder vergessen. Heute stand er hier draußen und war im Vorteil, er wusste genau, was nun folgen würde.

Er war gestern zur Terrassentür gegangen, hatte sie mit einer Hand geöffnet, den frischen Luftzug wahrgenommen, den angenehmen Geruch von feinem Regen in sich eingesogen und war einen Schritt nach draußen gegangen.

Hier und jetzt bewegte er sich hastig quer durch die Büsche, zertrampelte achtlos die Blumen im Beet, um die richtige Position rechtzeitig zu erreichen. Er hob den linken Arm, visierte über die Waffe hinweg den Mann an, der jetzt durch die Tür nach draußen trat, und sah mitten in sein eigenes Gesicht.

Er versuchte sich zu erinnern, warum er das, was er jetzt tat, auch wirklich wollte und woher er die Waffe hatte, wie er hierhergekommen war. Die herumwirbelnden Gedanken entluden sich in einem lauten Schuss, der seine Hand zurück in die Dunkelheit riss, weg von der erleuchteten Terrasse.

Er selbst stand dort, sah einen leuchtend gelben Finger mit orangefarbenem Mantel auf sich zurasen und überlegte nur: Schade um den Rotwein.

Während er getroffen niedersank, dachte er daran, sich morgen mit einem Pils zu begnügen und musste lächeln, während gleichzeitig der Schmerz langsam nachließ.

Es wurde ihm kurz schwarz vor den Augen und er sackte in die Knie. Gleichzeitig sah er sich selbst aufrappeln, den Kopf schütteln, als sei er noch benommen, das zerbrochen Glas vorsichtig aufsammeln und wieder in das erleuchtete Zimmer treten.

Er aber konnte hier und jetzt nur noch über den Rasen und das Tor zurückflüchten, woher er auch immer gekommen war.

Winter am Meer

Tot, kalt und grau.

Er sog die Luft tief ein und bedauerte es sofort. Kalter Schmerz trieb Tränen aus seinen Augen, füllte seine Lungen und ließ die abgestorbene Welt tief in ihn eindringen. Stärker als er bereit gewesen war, es zuzulassen.

Der Blick durch die Tränen verwandelte die weißgraue Landschaft zu einem surrealen Spiel von Linien und Kanten, zusammengeschobene und vom scharfen Wind aneinander wieder aufgerichtete Eisschollen vermengten sich mit der unendlichen Dunkelheit des Meeres, dessen sonst klar erkennbare Horizontlinie nun von einer grauen Wolkenmasse aufgesogen und verschluckt wurde.

Ein weites scheinbar unbewegliches Nichts, das auch nach nichts schmeckte, den Augen keinen Halt bot und nur durch ein kaltes Knacken, welches sich in langen Abständen wiederholte, auf sich aufmerksam machte. Dabei war er allein, der Einzige, dessen Interesse geweckt werden konnte.

Er begann sich zu fühlen wie die Welt, die ihn umgab: Tot, kalt und grau.

Ein trostloser letzter Ort. Über die vereisten Planken des Stegs bis an sein Ende zu rutschen, ohne schon vorher das Gleichgewicht zu verlieren, schien unmöglich. Genauso unmöglich, wie sich am Ende des Stegs in die kalten Fluten fallen zu lassen. Das eisige Wasser hätte den letzten Schmerz lindern können, die wenigen verbleibenden Sekunden dämpfen.

Am Ende befand sich aber kein Wasser, sondern ein ineinander gefaltetes, scharfkantiges Eisschollen-Labyrinth. Da war nichts mit kurz und schmerzlos ertrinken. Da blieben höchstens ein verstauchter Knöchel und aufgeschabte Handflächen.

Er schüttelte den Kopf und begann aufzuzählen, was er vermisste.

Kinder in bunten Gummisandalen, mit Plastikschüppen in allen Farben, gebräunte Mütter und Väter unter Sonnenschirmen und flatternden Windzelten, herumtobende Hunde an der Wasserkante, der Geruch von Sonnenöl, vermischt mit dem satten Geschmack von Tang, der in der Sonne verblich.

Geblieben war grauer, fast farbloser harter Sand, der keine Spuren zuließ. Endlose leere Weite und in der Ferne eine Schaukel, mit der sich nur der Wind abgab. Ein eisiger Luftstrom, der jede Hautstelle, die nicht sorgsam bedeckt war, wie mit einem feinen Messer zerschnitt. Geruchlos und kalt.

Einen bunten Drachen jetzt steigen lassen können, laut gegen den Wind ansingen, den Strand entlangrennen, als zöge man an einer endlosen Schnur einen nicht mehr sichtbaren Drachen hinter sich her, weil der weit oben in den grauen Wolken verborgen blieb.

Er hatte den Kopf in den Nacken gelegt und nahm einen feinen fahlen Streifen Licht wahr, der sich durch den Hochnebel schob. Ein fahlgelber Finger, der, ohne Schatten zu werfen, sanft über den Strand strich und den wenigen Schneehaufen ganz kurz eine Kontur verlieh. Ein ebenso kurzes Glitzern der berührten Eisschollen, das sofort wieder im weißgrauen Einerlei versank. Feine Nebeltröpfchen, die nach etwas zu schmecken begannen, legten sich auf sein Gesicht, während eine kaum wahrnehmbare runde Scheibe hinter den Wolken auftauchte und augenblicklich verschwand, als hätte es sie nie gegeben. Die Illusion einer Sonne in einer farblosen toten Welt.

Aus dem grauen Einerlei am Himmel begannen sich jetzt einzelne Nebelschwaden abzusetzen, nahmen feine Wolkenkonturen an, schoben sich übereinander, ließen wieder und wieder einen Lichtstreifen entrinnen, um diesen sofort zu verschlucken, bevor er den Strand zum Leben erwecken konnte. Ein lautloses Gefecht zwischen den Elementen.

Dann ein Auseinanderbrechen der Wolken,

von knarzendem Eis akustisch untermalt, als gäbe es einen unsichtbaren Komponisten. Die unechte Sonnenscheibe bemühte sich den Sieg zu erringen, erlangte mehr und mehr an Farbe und Intensität. Er musste geblendet den Blick senken.

Der glitzernde Strand, nun übersät von funkelnden Diamanten, lieferte sich einen Wettkampf mit den blauweiß schimmernden Schollen, deren Schatten zu neuen Linien auf das Meer hinausliefen, dessen Wellen weiße Schaumkronen besaßen. Was vorher glatt und flach erschienen war, zeigte sich nun als zerbrochenes Gerippe eines eisigen Titanen, der aus dem weiten Himmel gefallen und am harten Boden des Strandes zerschmettert war. Dort der Kopf, Teile des Rückens, weiter hinten verstreut seine Arme und Beine, ein riesiges funkelndes Auge, das mitleidlos den einsamen und frierenden Spaziergänger verfolgte. Erneutes Knacken und Brechen. Der zunehmende Wind schob neue Eisschollen heran, die sich mit den schon gestrandeten verkeilten, sie hochhoben oder ins eisige Wasser drückten. Eine langsame, weiche Bewegung im scharfgratigen Liniengewirr, die sich weit auf das Meer hinaus fortsetzte, das nun dunkelgrüne und braune Wellen in den Kampf sandte.

Wie sollte man bei diesem elementaren Schauspiel an sein eigenes Ende denken? Gleichzeitig Zeuge dieser Wiedergeburt sein und selbst bereit, das eigene Finale herbeizusehnen.

Er schüttelte den Kopf, zog die Mütze tiefer über die Ohren und summte ein Lied gegen den Wind an, während er sich aufmachte, dem Horizont etwas näher zu kommen.

Der Dichter und sein Volk

Irgendwie bin ich hier falsch.

Die Menschen hier sind anders, sprechen anders, ich meine sogar, sie sehen anders aus. Aber das Letztere kann Einbildung sein.

Eine vibrierende Erwartung liegt in der Luft, der Meister kommt und liest. Der Meister selbst, direkt zum Anfassen.

Intellektuell esoterisch gekleidetes Publikum mittleren Alters füllt den Saal und ein paar Junge sind auch dabei. Mehr Frauen als Männer, was schon ein Indiz ist: Männer mögen keine Lyrik.

Was gesagt werden muss, wird halt gesagt und gut ist.

Ich selbst halte es mit Wittgenstein: Worüber man nicht sprechen kann, davon muss man schweigen, oder so ähnlich.

Und dennoch bin ich hier hineingeraten.

Die Geräuschkulisse ist laut, wirkt aber zugleich gedämpft, irgendwie aufgeregt und dennoch selbstverhalten diszipliniert. Man will ja nicht auffallen, aber dennoch wahrgenommen werden. Gedichte werden teilrezitiert und beschwärmt und ich sitze und schweige beeindruckt, ducke mich unwillkürlich, denn es ist wahrscheinlich wahrnehmbar, dass ich nicht dazugehöre.

Prosamenschen fallen unter Lyrikern und denen, die es sein wollen, a priori auf. Es ist, als trüge man ein deutlich sichtbares Merkmal auf der Stirn und würde deswegen fortan ignoriert. Mag auch sein, dass wir einfach anders sprechen.

Ich vertiefe mich in das Lesungsheftchen, durchwandere mit gewichtigem Zeigefinger die Vita des Meisters, nicke Interesse vortäuschend mit dem Kopf und murmele etwas vor mich hin, was andachtsvoll klingen soll, in Wirklichkeit aber ziemlich respektlos ist. Hört zum Glück aber keiner.

Wie von unsichtbarer Hand gedimmt nimmt die Lautstärke nun ab, die erwartungsfrohe Gemeinde verstummt allmählich. Jeder sucht sich schnell, aber konzentriert seinen Platz. Der Meister naht.

Die blonden Nackenhaare der vor mir sitzenden Dame stellen sich leicht erregt auf und ich denke an einen sich aufplusternden, gelben Wellensittich, dessen Gefieder sich sträubt. Fehlt nur noch, dass sie sich schüttelt und mit der Nachbarin zu schnäbeln anfängt.

Eine giftgrüne Leinenhose ohne Bügelfalten, ein orangefarbenes T-Shirt mit darüber verrutschter Weste im Karomuster, auf dem schütteren Haar, zu einem silbernen Zopf zusammengebunden, ein orangefarbenes Häckelkäppi.

Der hagere, fast schmächtige Meister entspricht meinen Vorurteilen und verbreitet, während er sich hinsetzt und die Leseleuchte richtet, einen Stapel Papiere um sich.

Eigentlich hatte ich Papyrusrollen erwartet und muss innerlich grinsen.

Dann die Überraschung.

Das Männlein hat Stimme und was für eine.

Schon die Begrüßungsworte schallen durch den Raum, brechen sich an den Wänden, rollen zurück und nehmen die Zuhörer gefangen. Eine Urgewalt erfasst den Raum, atmet stoßweise halbe Sätze und versprengte Worte aus.

Körper, Geist und Stimme erlangen ein Gleichgewicht, das nicht zu erwarten war. Es zischt und gischt, hallt und haut, getrieben von einem einzigartigen fast atemgestörten Rhythmus.

Mir fährt der Gedanke durch den Kopf, dass das Werk des Meisters mehr von seinem Vortrag als vom Inhalt leben könnte.

Aber leben tut es ohne Zweifel und wird perfektioniert vorgetragen.

Die blonden Nackenhaare haben jetzt im Zustand der äußersten Erregung eine weitere Veränderung erfahren und stehen leicht zitternd konstant ab. Wie Fühler eines Insekts.

Ich kämpfe kurz mit meiner Atemluft gegen

einen aufkommenden Rülpser an und gewinne zum Glück. Einen Schweißtropfen versprengt diese Anstrengung auf das Leseheftchen und der breitet sich dort zu einem dunklen Fleck aus.

Gemanschtes Licht flirrt derweil rauschend um meine Ohren.

Ja mancher gar.

Mag sein.

Wortgewitter erschüttern Zeit und Raum. Ein kurzer, auffordernder Blick in die Runde der Andächtigen, als Rückversicherung, ihr versteht es doch, ihr seid dabei?

Und weiter geht es mit ausgestoßenen Halbsätzen und zerfetzten Wortsilben, getrieben von diesem kaum zu beschreibenden Zwang, sich aller Teilsätze und Worte zu entledigen.

Versteht das wirklich einer?

Oder sind alle nur von der Gewalt des Vortrags mitgerissen.

Was genau soll ich da verstehen, wenn das Wesentliche, nämlich der Zusammenhang der Worte mit roher Gewalt kleingehackt im Schwall der Urlaute verschwindet.

Es ist wie eine Rückbesinnung auf das

Entstehen unserer Sprache zurück in die Zeit, als wir noch keiner ganzen Sätze fähig waren.

Nur heute wird hier bewusst gekürzt und weggelassen.

Das Auslassen wird zur angewandten Therapie, welche uns nah an unseren geistigen Ursprung führt.

Und vielleicht soll es das ja auch.

Möglicherweise ist das der tiefe Grund für jedwede Lyrik, ein Freisetzen längst vergessener Emotionen. Ein Rückgriff auf unserer Ursprache.

Tosender Applaus unterbrochen von vereinzelten Jubelrufen unterbricht meine Gedanken. Langsam und leise lasse ich den Rülpser entweichen, der sich nicht mehr unterdrücken lassen will.

Irgendwie passt das zur Stimmung im Saal.

Es bricht aus allen hervor, tost und tobt durch den Saal.

Lyrik halt und ihre Jünger.

Muss man mal erlebt haben.

Ich stehle mich unauffällig davon.

Nicht auszudenken, wenn es auch meine Nackenhaare gesträubt haben sollte.

Ein Tauber in Lykien

28 Grad.

Nicht Ost, nicht Nord, nicht West, nicht Süd, nein, in der Luft.

28 Grad zum Winteranfang, in einem anderen Land, einer längst vergangene Zeit, mitten zwischen den Überresten der Völker, von denen Kundige behaupten, dass sie hier gelebt haben.

Vom Frühling bis zum Winter.

Und ich stehe jetzt mittendrin, in 28 Grad, in

T-Shirt mit Weste, mit Fotoausrüstung über der Schulter.

Wenn ich jetzt, wie alle anderen, dem Guide zuhören würde, verlöre ich eine Menge jener Faszination für den Ort, die mir beim Zuhören in den Tagen zuvor abhandenkam.

Seit dem dritten Tag unserer Reise stelle ich mich nun taub, nicht bildungsresistent, einfach nur taub.

Ich weiß mittlerweile sehr wohl, wie stolz unser Guide darauf ist, dass die europäische Kultur hier ihren Anfang nahm. Einige der Geschichten, die erzählt wurden, kramte ich zeitgleich aus den Erinnerungen meiner Schulbildung hervor und war erstaunt, was ich alles noch wusste.

Aber darum geht es mir jetzt nicht mehr.

Hier und jetzt, in Myra, atme ich die warme Luft der Totenstadt. Blende mich auf den Felsen ein, in dessen schwarzgrauen Rücken gelbbeige Nischen zur Bestattung der Toten gemeißelt wurden.

Ich frage mich, warum um alles in der Welt wir heute Nekropolen besichtigen, wo es doch auch Städte für Lebende gibt. Und denke mir dann, dass es genau daran liegt: Wir leben in belebten Städten und sehnen uns nach unbelebten Städten.

Was man von Myra zur Mittagszeit so nun auch nicht mehr sagen kann.

Die eigentliche Faszination liegt wahrscheinlich darin, dass wir keine Totenstädte mehr bauen. Bei der Perfektionierung unserer Kriegsführung hätten wir da auch Einiges zu tun.

Selbst beim Bau unserer heutigen Städte für Lebende benutzen wir nicht mehr diese Leichtigkeit und Ernsthaftigkeit wie früher. Gut, es mag Ausnahmen geben, einzelne Gebäude oder Stadtteile. In der Gesamtheit der Eindrücke unserer heutigen Städte bleibt aber ein gleichförmiger Strom von Zweckmäßigkeit zurück.

Da wir gerade von Zweckmäßigkeit sprechen, bei 28 Grad mit der Fotoausrüstung auf der Schulter leicht in die Knie zu gehen, durch die Spiegelreflexkamera zu schauen und zu warten, bis der gewünschte Bildausschnitt touristenfrei vor einem liegt, gehört nicht zu den Dingen, die zweckgemäß leicht fallen. Irgendjemand steht immer vor Dir, bemerkt erst, wenn er selbst ein

Foto geschossen hat, dass er dir den Ausblick versperrte, oder gibt vor, es erst dann zu bemerken. Du beginnst auf ganz neue Art über die Totenstadt nachzudenken und siedelst im Geiste neue Bürger an.

Auf der anderen Seite bieten die anderen auch einen gewissen Schutz. Wie wäre es, hier und jetzt allein zu stehen, mitten in einer Stadt, die man nicht verlassen kann, weil sie genau deshalb nicht gebaut wurde. Zum Verlassen.

Stell dir vor du stehst hier allein in der Mittagshitze und weißt sicher und unwiederbringlich, von hier gehst du nicht mehr weg, da kannst du Fotos schießen, so viel du willst.

Du fühlst dich fast gezwungen den anderen sofort ins Amphitheater zu folgen.

Bleibst aber hocken, weil jetzt wirklich freie Bahn herrscht.

Die rotbraune Katze auf der umgefallenen Säule schaut dir interessiert zu. Du liest in ihren Augen Gelassenheit und auch ein wenig Ironie. Unbeweglich sitzt sie da, den Schwanz sorgfältig um die Hüfte gebogen, vor die Vorderpfoten gelegt, als wolle sie mit dieser Pose etwas sagen.

Mittlerweile habe ich mich ihr gegenüber auf einen Felsbrocken im Schatten gesetzt und widerstehe dem Impuls ein Foto von ihr zu schießen. So sehen wir uns nur an, jeder versucht im Gesicht des anderen zu lesen.

Mir fällt der Begriff von der Unhintergehbarkeit der Sprache ein. Mit Katzengesichtern verhält es sich offenbar auch so. Man wird angeblickt, mehr so im Vorüberschauen, halb mit Desinteresse, ein klein wenig belustigt und gleichzeitig illusionslos unbeteiligt. Dennoch irgendwie auch auffordernd, als könne eine kurze Unterhaltung nicht schaden. Nur so zur Abwechslung und zum Zeitvertreib.

Dagegen spricht jedoch das gelassene Ablecken der Vorderpfote, der nun die ganze Aufmerksamkeit gilt.

Auch meine.

Der irre Gedanke befällt mich, wovon sich die Katzen über Jahrhunderte ernährt haben könnten, bevor Unmassen von Touristen hierher gelenkt wurden. Es bieten sich einige Szenarien an, aber die Katze widerspricht. Nun ja ist ja auch nebensächlich, wenn auch nicht für das

Katzenvolk. In manchen Tempeln werden Ratten oder Affen verehrt und am Leben erhalten, hier sind es Katzen, die nach und nach über Generationen die Farbe der Nekropole angenommen haben. Gewissermaßen assimilierte Wesensverwandlung gepaart mit Anpassung an die Umgebungsfarben.

Es ist in der Tat schon sehr warm und ich habe wohl bisher zu wenig getrunken.

Die Katze grinst mich an, die Pfote halb in der Luft, kurz beim Putzen innehaltend, als wolle sie einen Kommentar abgeben. Aber sie sagt nichts.

Nun mache ich doch ein Foto von ihr und es liegt ein wenig Trotz in der Tat.

Sie erhebt sich, streckt sich, die Vorderpfoten weit von sich nach vorn ausgestreckt, den Hintern in die Luft gereckt, einmal sich heftig schüttelnd und mir über die Schulter einen Blick zuwerfend, ob ich wohl auch folge. Was ich artig tue.

Wir gehen, den Schatten der Mauern geschickt ausnutzend, ins Theater und setzen uns auf einen Quader, in den der Künstler gelockte Köpfe mit weit geöffneten Mündern gemeißelt hat. Klageweiber oder eine Vorstufe von der Suche nach dem Superstar?

Die Katze setzt sich neben mich und beginnt mit mir zu sprechen.

Sie erzählt, dass sie früher erhabene Aufführungen gesehen hat. Hält kurz inne, berichtigt sich. Natürlich nicht sie selbst. Ich muss wissen, dass Katzen über ein kollektives Gedächtnis verfügen, einer der Gründe dafür, dass sie so eigenständig und unabhängig sind. Sie haben halt viel erlebt, Erfahrungen jedweder Art gemacht und ein enormes Wissen angehäuft.

Wissen über Menschen und wie man mit ihnen umgeht oder auch wie man ihnen aus dem Weg geht.

Die besten Aufführungen fanden eigentlich immer am Ende des Sommers in den frühen Abendstunden statt. Dann zog ein leichter, erfrischender Wind durch das Rund, die zuckenden Schatten der flackernden Fackeln verdichteten den gefüllten Raum und ließen eine gewisse Intimität aufkommen.

Ob ich das verstehen kann?

Ich nicke fasziniert, wobei mich am meisten beeindruckt, dass die Katze mit mir spricht, obwohl ich sie fotografiert habe. Wobei es eigentlich schon verwunderlich ist, dass sie überhaupt spricht.

Der ergreifendste Moment wird mir mit leichtem Schnurren geschildert.

Jener kurze Augenblick, wenn der junge, gelockte Lyriker in seinem weißen Gewand auf die Bühne tritt und wie mit unsichtbarer Gewalt das Stimmengewirr langsam verstummend aus dem Halbrund schiebt.

Dann seine Stimme erhebt und das Klagelied vorträgt, sein wahres Markenzeichen, eine magische Verbindung zwischen den Lebenden im Theater und den Verstorbenen in ihren Höhlenhäusern schafft.

Hartgesottenen Kaufleuten rollen Tränen die Wangen herunter, abgefeimte Politiker sehen regungslos geradeaus und versuchen krampfhaft das aufkeimende Schluchzen zu vermeiden. Andere, ältere geben sich hemmungslos der Stimmung hin und verzweifeln.

Die Katze zittert bedeutsam mit ihrem Schwanz.

Man muss es erlebt haben, oder als Erlebnis

geerbt haben, um diese Stimmung richtig einordnen zu können.

Was mir nicht ganz gelingt, in unerwarteter herbstlicher Mittagshitze neben einer sprechenden Katze im Amphitheater von Myra, ohne einen erfrischenden Schluck Mineralwasser.

Meine Gedanken schweifen ab und ich überlege, was ich eben geraucht habe.

Der eigentliche Höhepunkt des Abends war aber immer die abschließende Ode an die Freude des Lebens.

Die sorgsam gereimte Verschmelzung von Lebenden und Toten, mit diesem Rhythmus, langsam und bedächtig aus der Totenstadt aufsteigend, dann quirlig und lebendig über die Lebenden tanzend.

Ich muss mir vorstellen, dass er zum Schluss getanzt hat, nicht nur andeutungsweise ein paar zaghafte Schritte vorgeführt hat. Nein, sein weißes Gewand wirbelte über die Bühne, dass man ihn für einen Geist hätte halten können.

Man muss nicht erwähnen, dass es im gefüllten Rund totenstill geworden ist.

Die Katze grinst über Ihre Wortwahl.

Alle, die ehemals dort saßen sind jetzt ja auch totenstill.

Danach tosender Beifall, Lob Rufe, klatschende, von den Sitzkissen emporschnellende Menschen, die über ihre Begeisterung das Abgehen des Meisters verlieren.

Und ganz oben im Rund eine weise Katze, die das schon oft erleben durfte und dennoch jedes Mal wieder in vollen Zügen genießt.

Die aber auch weiß, wann es Zeit ist, das Theater zu verlassen, um nicht getreten und verletzt zu werden, von unachtsamen Menschen, die ihren Nachbarn und Freunden mitteilen müssen, wie überwältigt sie sind.

So was kann ich nun nicht mehr Knipsen. Sagt die Katze herablassend.

Mich erstaunt dabei schon, dass die Katze weiß, was ich mit dem schwarzen Gehäuse und den unterschiedlichen Objektiven wirklich mache.

Mich würde auch nicht wundern, wenn sie den Unterschied zwischen analogen und digitalen Spiegelreflexkameras kennen sollte.

Ich soll mich nach oben begeben und in der letzten Reihe hinsetzen, dann kann ich nachempfinden, was sie mir erzählt hat. Sagt sie.

Gut, es wird nicht dunkel werden, der erfrischende Seewind wird ausbleiben, er kommt erst am frühen Nachmittag wieder, aber ein bisschen Einbildungskraft werde ich ja wohl mitgebracht haben.

Ich bedanke mich für den Rat und die Schilderung mit einem Keks und klettere tatsächlich nach oben.

Der Guide unten hat nichts von einem Lyriker, obwohl er von Kaufleuten und anderen Menschen umringt wird, als könne er …

Aber ich wollte ihn ja ausblenden.

Freilufttheater haben bei schönem Wetter etwas an sich.

Dazu bedarf es auch nicht unerwartet auftauchender, sprechender Katzen.

Der Blick durchs Rund, über die Bühne hinaus in die weite Landschaft, schon beeindruckend.

Die vielen Farbnuancen der Steinblöcke und Säulen.

Das erinnert mich an die Katze, von der ich mich noch verabschieden wollte.

Sie ist jedoch verschwunden.

Genauso wie jene, die hier gelebt haben und auch jene, die hier bestattet wurden.

Gleich werden wir auch verschwinden, in unserem Bus davonfahren zur nächsten Station unserer Reise durch die Vergangenheit.

Es werden andere folgen, in anderen Bussen, aber auf derselben Reise.

Vielleicht lässt sich die Katze ja dazu herab, auch mit anderen zu sprechen.

Wer weiß das schon.

Immerhin habe ich ein Foto von ihr.

Mag ja auch sein, dass ich sie irgendwann wiedertreffe, oder auf eine andere Katze treffe, die eine Erinnerung an mich und unser Gespräch geerbt hat.

Ich würde mich freuen, so wie ich mich jetzt über das kalte Wasser im Bus freue.

Gespräch mit einem Alien

Als ich aufwachte, saß er einfach da.

Zierlich, fast filigran, ohne Haare und mit riesigen Augen, saß er mir, ein wenig gestaltlos, gegenüber im Sessel, als hätte er sich dort geräuschlos materialisiert. Was er wohlmöglich auch tat, während ich schlief. Bewegungslos schaute er mich an und ich starrte benommen und ebenso erstarrt zurück.

Meine neugierigen und noch ängstlichen

Abtastversuche mit halb geschlossenen Augen ließ er ohne Regung über sich ergehen, während ich gleichzeitig zu überlegen versuchte, wer er war und was er hier bei mir wollte.

Ausgerechnet bei mir, der ich beschlossen habe nie mehr mit meiner Umwelt zu kommunizieren, was ich, konsequent, wie ich sein kann, wenn es um das Wesentliche geht, auch seit Wochen nicht mehr tue.

Jetzt sitzt er mir gegenüber und verlangt Aufklärung über die Welt und das, was ich davon halte.

Er redet nicht mit mir, genau betrachtet weiß ich nicht einmal zu sagen, auf welche Art er mit mir kommuniziert. Akustisch tut er dies auf gar keinen Fall. Dennoch schafft er es mir seine Fragen zu übermitteln, einfache Fragen, auf die es keine einfachen Antworten gibt.

Sein silbern schimmernder Körper lenkt das Sonnenlicht vom Fenster auf mich, reflektiert es und moduliert es vielleicht. Es kann auch sein, dass er telepathisch begabt ist, wovon ich aber nichts merke, da ich es nicht bin. Ich weiß nicht einmal, ob er die gleiche Wellenlänge des Lichts oder ähnliche Tonhöhen wie ich wahrnimmt. Sicher ist nur, dass er materiell vorhanden ist, was sich allerdings nicht schlüssig beweisen lässt, da ich mich nicht traue, zu ihm hinzugehen und ihn zu berühren.

Mag sein, dass er nur holographisch anwesend ist, oder sein Abbild in meinen Wahrnehmungshorizont interpoliert. Was weiß ich, zu welchen obskuren Techniken er Zugriff hat, welche Fähigkeiten er wirklich besitzt.

Zumindest ist er friedlich gestimmt, - noch -, solange ich mich bemühe, seine Fragen zu beantworten.

Am meisten verwirrt ihn die Vielzahl unserer unterschiedlichen Sprachen. Verwirrt ist falsch ausgedrückt, es scheint ihn eher zu irritieren, da er etwas anderes erwartet hatte.

Ausgehend von der These, dass die menschliche Rasse sich in Afrika zum vernunftbegabten Hominiden entwickelte und von dort aus, den Küsten folgend, sich über Kleinasien bis nach Europa und Asien ausbreitete, müsste man folgerichtig auch annehmen dürfen, dass es am Anfang nur eine Sprache gegeben hat. Da stimme ich ihm zu. Es sein denn, man schlussfolgert aus irgendeinem Grund, dass sich bei jedem sesshaft Werden einer noch so kleinen Gruppe auch ein eigenständiger Dialekt bildete, der zu einer eigenständigen Sprache führte. Kling einleuchtend, wenn man die Sprache als unser beschreibendes Abbild der Umwelt betrachtet. Da sich die Umwelten unterschieden, waren die Sprachen als Spiegel dieser Umwelt und des Verhaltensspielraums, der genutzt werden konnte, letztlich ähnlich verschieden.

Er scheint nicht ganz überzeugt, weshalb ich den anderen Weg einschlage.

Wenn ich jedoch annehmen muss, oder darf, dass sich gleichzeitig auf der ganzen Welt kleine Gruppen von Vorfahren auf dem mühsamen Weg vom Affen zum Menschen befanden, so ist die Vielzahl unserer Sprachen doch schon recht einleuchtend.

Beeindruckt ihn offensichtlich nicht.

Mir scheint zudem, dass er das Interesse an diesem Thema verloren hat.

Für mich trifft das auf jeden Fall zu, denn für den, der sich mit niemandem mehr unterhält, ist es vollkommen egal, in welcher Sprache er nicht mehr spricht.

Da wird er mir zustimmen können, so verschieden, wie wir auch sein mögen.

Auch die Art und Weise, wie wir unsere Welt in Völker, Länder oder politische Gruppierungen unterteilen, scheint ihn zu verblüffen. Bei der Erwähnung der unterschiedlichen Religionen werden seine Augen noch größer.

Das scheint etwas vollkommen Obskures für ihn zu sein.

Dass wir der Glaubensunterschiede wegen Kriege geführt haben, macht ihn offensichtlich fertig, er sackt leicht nach links und behält diese Stellung aufmerksam bei.

Ich traue mich kaum zu erwähnen, dass auch heute noch Kriege aus denselben Gründen geführt werden und obendrein noch andere wegen der länderspezifischen Ressourcen.

Wie wir dadurch in seinem Ansehen herabgestuft werden, ist ihm anzusehen. Jeden Moment erwarte ich, dass er sich desinteressiert entmaterialisiert.

Also versuche ich es mit einem kurzen Ausflug

in die Philosophie, um seine Aufmerksamkeit wieder zu gewinnen. Erwähne historische Details, an die ich mich mühsam erinnere, die Vorsokratiker, die Höhepunkte der griechischen Philosophie, das ‚*ich denke, also bin ich*' zum Beginn der Neuzeit und verliere mich in neumodischen, wirren Theorien von Multiversen, bis ich mir sage, dass ihn das wohl kaum interessieren dürfte, da er das es besser beurteilen kann.

Seinem Körper, oder dem, was er mir geschickt hat, entweicht ein wenig Luft und er sackt noch mehr zusammen.

Vermutlich, weil ich gerade begonnen habe über die Verschwendung von natürlichen Ressourcen und unsere globalen Umweltprobleme zu referieren.

Eine kurze Zusammenfassung unseres Finanzsystems und die weltumspannende Schuldenkrise geben ihm fast den Rest. Der Gedanke, dass es immer wieder neue Märkte und daher auch neue Umsatzsteigerungen geben könnte, worauf unser Finanzgebaren ja aufbaut, setzt selbstverständlich voraus, dass wir irgendwann beginnen werden, das gesamte Universum einbeziehen zu müssen, womit wir möglicherweise ihm und seinem Volk gewaltig in die Quere kommen werden. Was seine Schräglage bedenklich werden lässt.

Mir scheint, der mittlerweile desolate Zustand seines Gastkörpers deutet auf ein bevorstehendes Ende unsere Unterhaltung hin.

Also wende ich mich schnell unseren technischen Erfolgen zu, beginne mit der Erfindung des Rades, schweife ab bei der Aufzählung der Erfolge unserer industriellen Revolution um mich zuletzt an den Errungenschaften der IT-Technik zu berauschen. Bei einem kurzen, prüfenden Blick, ob er mir seine Aufmerksamkeit noch schenkt, bekommt der Begriff der ‚*virtuellen Welt*' einen neuen Geschmack für mich. Genau betrachtet wird er mir langsam lästig, seine reaktionslose Anteilnahme, wenn man von seinem körperlichen Verfall aufgrund der abnehmenden Luft absieht, beginnt mich zu behindern. Nach und nach verliere ich selbst das Interesse an seinem wahrscheinlich nur vorgetäuschten Interesse.

Ich beschließe kurzerhand meine Monologe zu unterbrechen, lege mich wieder auf das Bett, drehe mich auf die Seite und zeige ihm teilnahmslos meinen Rücken.

Soll er sich doch selbst einen Reim auf mein Verhalten machen.

Außerdem habe ich von Anfang an darauf hingewiesen, dass ich eigentlich an keinem Gespräch mehr interessiert bin.

Und außerdem, ich weiß sehr wohl, woher der silberne Plastikmann gekommen ist, wer ihn zu mir ins Zimmer stellte, um meine Reaktion zu prüfen.

Den Gefallen habe ich ihnen jetzt getan, nun muss es aber auch gut sein.

Ich werde mich jetzt schlafend stellen, damit sie ihre dösige Plastikpuppe wieder abholen können und über das Ergebnis ihres Experimentes ausführlich diskutieren können.

Als wenn ich wirklich so blöde wäre, dass ich das nicht durchschaut hätte.

Wellengespräche

Vier Stunden Ephesus liegen hinter mir, mit Besichtigung der Ausgrabungsstätte, in praller Sonne, Berg auf und bergab, begleitet von fachkundigen und tiefschürfenden Erklärungen zur Geschichte des Ortes. Danach noch die Festung von Selcuk, wieder einen Berg rauf und runter, ebenso in praller Sonne und wieder mit jeder Menge Säulen.

Danach ist es genug.

Nun sitze ich erschöpft in Kusadasi am Meer, vor mir eine Landzunge, die zwischen dem Yachthafen und der Anlegestelle für die Riesenliner ins Wasser sticht. An ihrem Ende ragt eine weiß gestrichene Betonhand empor, aus der bronzene Vögel entsteigen. Vielleicht steigen sie aber nicht hoch in die Luft, sondern kehren zurück zu diesem Ort, der den Namen Vogelinsel führt. Der Künstler wird es wissen, die anderen dürfen raten, wenn sie denn wollen. Ich will es jetzt einfach nicht wissen.

Mächtige Steinquader und naturbelassene Felsbrocken halten die Landzunge gefangen, schirmen sie gegen die Wellen ab und bieten Zuflucht für unachtsam Weggeworfenes. Zigarettenkippen, Plastiktüten, Fischreste und anderes, von dem ich nicht wissen will, was es wirklich ist oder einmal war. Und ich sitze hier und versuche die aufkeimende Frage: „Wo fängt eigentlich eine Welle an?" zu verdrängen.

Alles hat einen Beginn, unsere Kultur hier, wie ich erfahren habe, aber alles zu seiner Zeit.

Die Felsbrocken vor mir dienen als fester

Standpunkt oder unbequeme Sitzgelegenheit für die Angler, vornehmlich alte Männer, mit Mütze oder Kappe, Zigaretten im Mundwinkel und Handy am Ohr. Wahrscheinlich müssen sie noch fragen, was sie fangen sollen, oder berichten von dem ultimativen, großen Fisch, der sich schon im Köcher oder dem Plastikeimer befindet. Aus der Ansammlung der dunkel oder sportlich bunt gekleideten Männer sticht einer hervor und fällt mir sofort auf. Er benutzt kein Handy, besitzt keine Angel, trägt eine Gold gemusterte Weste über einem roten Hemd und sitzt auf einem Felsen. Mit einem langen Zweig in der rechten Hand malt er Muster in den Sand, die von den heranrollenden Wellen aufgelöst und verändert werden. Sie wollen immer wieder neu entworfen werden, müssen sich gegen die Veränderung wehren, tun dies, indem sie sich zu neuen Mustern ordnen, der ganzen Sache einen anderen Sinn geben.

Zuerst sieht es aus, als zeichne er achtlos Linien und Muster in den Sand, aber bei längerem Zusehen erkenne ich Muster wieder, entdecke eine Methode dahinter.

Ok, ich kann die Regeln nicht nennen, nach der

seine Muster entstehen und auch nicht angeben, worin der Sinn der Wellenantworten besteht.

Aber eins wird mir klar, es handelt sich um ein Gespräch. Um ein komplexes Gespräch in einer mir unbekannten Sprache, mit Zeichen, die ich bis jetzt so nicht sah. Geschweige denn die Umgestaltung und Neuanordnung der Zeichen, die von den Wellen vorgenommen werden.

Nichts scheint sich genau zu wiederholen.

Der ins Gespräch vertiefte Mann ähnelt dabei einem großen, bunten Käfer mit goldenem Rückenpanzer und rotem Körper, der am Strand krabbelt und mit den Wellen vor und zurückweicht. Sein zeichnender Zweig ist der Fühler, seine kreisrunde Kappe ohne Schirm ersetzt die riesigen Insektenaugen, von denen er nur eins hat. Ein Fühler, ein Auge und nur zwei Beine. Nun gut lassen wir die Arme mitzählen, dann hat er vier.

Er wird nicht müde, das Gespräch muss interessant und tiefgründig sein.

Oder es liegt daran, dass die Wellen ununterbrochen antworten, mit einem Strom von neuen Zeichen, die es nachzuzeichnen und zu verstehen gilt.

Jede Antwort der Wellen wirft neue Fragen auf, die in klaren Mustern hastig in den Sand geworfen werden. Auf die Geschwindigkeit kommt es an, denn die Wellen sind ungeduldig und schnell.

Bei längerem Betrachten wird mir klar, dies ist ein anstrengendes Unterfangen, das wohl geübt sein will. Nicht jeder wird von Beginn an so sicher und fehlerfrei kommunizieren.

Nur einige wenige beherrschen diese Mustervielfalt, die für das Gespräch benötigt wird.

Zudem gehört eine recht hohe Frustrationsschwelle dazu, denn die Wellen neigen dazu, einige Fragen achtlos auszulöschen und einfach zu ignorieren. Diese werden dann jedoch leicht abgewandelt wiederholt.

Wenn ich mitzähle, scheint mir, dass jede siebte Frage achtlos beiseite gewischt wird.

Aber der Käfer gibt nicht auf, formuliert seine Fragen neu, ordnet seine Muster anders, bis die Wellen zugreifen und eine für ihn verständliche Antwort formen.

Eigentlich hätte mir klar sein sollen, dass in

einem Land, dessen Geschichte soweit zurückreicht, das über Jahrtausende alte Fundstücke alter Kulturen an jedem Straßenrand verfügt, es auch noch Menschen geben muss, die alte Sprachen beherrschen. Natursprachen oder Sprachen mit der Natur?

Ich beherrsche von beiden keine.

Vielleicht hilft ihm sein käferartiges Aussehen, ja, man könnte vermuten, dass seine Bekleidung bewusst gewählt wurde, um der Natur näher zu kommen, sich mit ihr synchronisieren zu können, von ihr ernst genommen zu werden.

Eine Kakerlake in Adidas Outfit mit Handy am Ohr würde wahrscheinlich gar nicht als Gesprächspartner akzeptiert. So wie ich als Apfel Tee trinkender, nun bewusst bildungsresistenter Tourist wahrscheinlich auch nicht.

Das Gespräch wird vom Dröhnen der Schiffssirene unterbrochen, der ablegende Riesendampfer wirbelt die Wellen durcheinander, der Käfer hält inne und wartet ab.

Zeit genug für mich einen Espresso zu ordern. Zu viel Apfel Tee macht mich depressiv und lässt mich keine klaren Gedanken finden.

Und zugegeben, wegen der Kekse, die mitgereicht werden.

Herrlich süß, mit zarten Schokoladen Mustern, die den Zeichnungen am Strand ähneln.

Wenn ich genug von ihnen essen würde, wäre ich wohlmöglich besser in der Lage sie zu verstehen, müsste dann wahrscheinlich aber auch schwarzen Tee dazu trinken.

Ich bin aber nur ein Zigaretten rauchender und Espresso trinkender Zuschauer.

Das riesige Schiff fährt rückwärts aus dem Hafen, eine dunkle Rauchfahne hinter sich zurück lassend. Wird von zwei kleinen Begleitschiffen in die Fahrtrichtung gedreht und verschwindet langsam hinter der Vogelinsel. Nur die obersten Decks und der rauchende Schornstein sind noch zu sehen hinter der alten Burg auf der Insel.

Ein letztes Tuten, noch mehr Qualm, in Fetzen herübergewehte Musik und Lautsprecheransagen in mehreren Sprachen bleiben zurück und lassen das Meer sich beruhigen.

Das Gespräch kann weitergehen.

Zum Glück hat der Käfer genug Geduld und Interesse an der Weiterführung des Gespräches.

Man stelle sich vor, er wäre, während ich dem Ablege - Manöver zusehe und den Apfel Tee leere, einfach verschwunden, in der Menge der Touristen untergetaucht.

Mir scheint, die Zeichen haben sich gewandelt, die Antworten des Meeres kommen in schnelleren Wellen. Es dauert seine Zeit, bis sich wieder ein ruhiger Rhythmus einstellt.

Ich frage mich, wo diese Welle, die jetzt ein Muster wegwischt, begonnen hat eine Welle zu werden. Versuche mir vorzustellen, wie weit ihr Weg bis hier hin war, was sie unterwegs gesehen hat, mit wie vielen Wellen sie sich vereinigt hat, um diese Entfernung als Welle zurücklegen zu können.

Erinnert mich an mein Mathematik Abitur, Wellentheorie, Interferenzen und all der Kram, den ich bis jetzt nicht benötigte, der mir aber jetzt zum Verständnis eventuell helfen könnte.

Bei der Beantwortung einer dieser fundamental kindlichen Fragen: Wo fängt eine Welle an?

Wo sie aufhört, weiß und sieht jeder.

Aber wo genau fängt sie an?

Vielleicht geht es in dem Gespräch genau darum, um Klärung der Frage: Wo kommt ihr her, was habt ihr gesehen, was könnt ihr berichten?

Ich bin ja auch nicht davon ausgegangen, dass sie sich Witze erzählen.

Jemand, der sich so viel Mühe gibt, stellt fundamentale Fragen, erwartet philosophisch tiefgreifende Antworten über das Wesen der Welt und den Grund für ihre Existenz.

Aber was weiß eine Welle schon davon?

Vielleicht liegt in der Schlichtheit der Fragen und Antworten der tiefere Sinn.

Schon allein zu wissen, wann die Welle begann, eine Welle zu sein wird Aufschluss über mehr geben.

Ganz zu schweigen von den interessanten Dingen, die sie über ihren Weg bis hierhin zu berichten hat. Ein kenterndes Schiff gesehen, weit aufgerissene Augen und letzte Luftblasen aus einem krampfhaft schluckenden Mund. Der einsame Kampf eines gebräunten Fischers mit der Schnur, die seine Hände zerschneidet. Ruhig liegende, menschenleere Inseln mit Stränden voll bunter Steine. Das sanfte Abprallen von der

Hafenkaimauer im Dunkeln, Lichter und Stimmen aus Kneipen, vorbei brausende Mopeds, das Schaukeln der Yachten und dann der Weg zurück auf das blaudunkle Meer, hinaus zur nächsten Insel, bis endlich hier und jetzt jemand Notiz von Ihr nimmt, ein Gespräch mit ihr beginnt. Was sie dazu veranlasst, unterstützt von den nachrückenden Brüdern und Schwestern immer und immer wieder zurückzurollen und erneut Fragen zu beantworten.

Vielleicht begann ihr Weg mitten im Zentrum eines Tornados vor Kuba, Meter für Meter aufgeschichtet und hochgetürmt zu einem Monster. Langwellig über den weiten Atlantik rollend, in die Meerenge von Gibraltar gequetscht und zu neuer Kraft verdichtet, vorbei an den Balearen, an Sizilien abprallend, zwischen Kreta und den Ägäischen Inseln hin und her pendelnd, langsam und ruhig in die Bucht von Kusadasi laufend, um sich mit einem als Käfer verkleideten alten Mann zu unterhalten, der dabei erstmalig beobachtet wird, von einem jetzt Espresso schlürfenden Touristen, der müde vom Betrachten der scheinbar unendlich verfügbaren

Ausgrabungsartefakte nur einfach da sitzt und zu sieht.

Ungewollt Wellenmuster interpretiert ohne sie zu verstehen, dabei die Gedanken schweifen lässt und Espresso trinkt, dem eigenen Zigarettenrauch hinterher schaut, bis der sich zwischen den Felsen verliert.

Irgendwann werde ich mir selbst einen geeigneten Platz an einem Strand suchen müssen, mit einem besonders dafür ausgesuchten Zweig bewaffnet mich der Aufgabe widmen, in Erfahrung zu bringen wo die Wellen beginnen und was sie gesehen haben.

Aber die Beantwortung diese Frage, wenn es denn eine Antwort auf sie gibt, steht jetzt nicht an, jetzt ist wirklich genug. Ich stopfe eines dieser köstlichen Plätzchen in den Mund, schaue konzentriert auf den nächsten Angler und denke mir martialische Strafen für ihn aus für den Fall, dass er einen sprechenden Fisch an Land ziehen und eine Unterhaltung mit ihm beginnen sollte.

Kaffee

mit einem Verschwörungstheoretiker

Mit klappernder Tasse in der Hand, eine Zeitung unter den Arm geklemmt, nähert er sich meinem Tisch, blinzelt mich kurz durch seine kreisrunden Brillengläser an und setzt sich hin. Die eine Hand versucht Tasse und Untertasse auf den Tisch zu setzen, ohne Kaffee zu verschütten, was nur teilweise gelingt, die andere Hand zieht den Stuhl zurück, wobei die Zeitung auf den Kiesboden fällt und sich dort weit ausbreitet. Ein unnützes Prospekt sucht mit dem Wind das Weite, wird jedoch an einem Tisch weiter hinten von einem Fuß gestoppt und gegen den Boden gerammt.

„Hier ist doch frei?", locker hingeworfen und durch ein spitzbübisches Lächeln selbst schon beantwortet, bevor ich erwidern kann „Jetzt nicht mehr", was ich auch nicht tue.

Die Zeitung bleibt achtlos liegen und sucht sich noch mehr Platz auf dem Boden zwischen den Tischen, aus der Untertasse wird freigewordener Kaffee zurück in die Tasse befördert.

Haare wie ein Vogelnest, Hakennase wie ein Geier, kurzsichtig wie ein Uhu, aber sauber und gepflegt, mit eleganter Handhaltung den Kaffee umrührend, nachdem dieser durch Unmengen von Zucker wiederverfestigt wurde.

„Eigentlich haben wir immer noch Mittelalter".

Kurzes Innehalten, Stirnrunzeln, mir einen Blick von unten nach oben zuwerfend, während der schmale Körper sich vorbeugt, mit verbrannten Lippen einen winzigen Schluck Kaffee aufnehmend und sich dann entspannt zurücklehnend.

Sofort, als wäre er ertappt worden, sich gerade aufrichtet, nach links und rechts blickt, mit den Füßen in blank polierten, schwarzen Lederschuhen auf den verteilten Zeitungsseiten herumkratzt, ohne Erfolg, sie bleibt weit verteilt liegen und zeigt Fluchttendenzen.

„Wir haben unsere Technik verfeinert, alles andere läuft aber immer noch wie im Mittelalter."

Nach kurzem Abschmecken muss noch mehr Zucker eingefüllt und umgerührt werden.

Ich hätte erwartet, dass der Löffel jetzt stehen bleibt, tut er aber nicht.

„Ist ihnen schon einmal aufgefallen, dass sich nur die Namen geändert haben? Aus Königen, Kardinälen und Fürsten sind Manager und Banker und Politiker geworden, der Rest malocht vor sich hin, merkt nichts, wird bespaßt und ernährt und muss konsumieren und Geld abliefern."

Ich denke mir, dass ich auch gerade konsumieren muss und unfreiwillig bespaßt werde, will aber den Gedankengang nicht unterbrechen und rühre zur Abwechslung in meinem Kaffee herum, obwohl das nicht notwendig ist.

Macht sich aber irgendwie gut.

Zwei Menschen sitzen sich gegenüber und rühren in Kaffee. Der wird dann ausgetrunken und anschließend der Kaffeesatz ausgelesen.

„Wie früher gibt es einige Wenige, die bestimmen, Macht und Geld besitzen, während alle anderen sie versorgen und sich irgendwie durchschlagen. Es werden Unsummen ausgegeben für Dinge, die niemand versteht, danach werden die gerettet, die durch diese Ausgaben fast bankrottgegangen sind. Früher haben die Fürsten Paläste gebaut, Feste gefeiert und sich dafür immer mehr Geld geliehen. Die Paläste stehen heute in Regierungsvierteln und Bankenvierteln, früher standen sie auf kleinen Hügeln in der Landschaft herum, umgeben von Parks und Gärten. Aber im Prinzip ist es gleich geblieben."

Kurzes Stirnrunzeln, die Brille wird auf dem Nasenrücken zurückgeschoben, der wirklich viel Platz dafür bietet.

„Im Mittelalter haben wir andere wegen unseres Glaubens versklavt, heute bringen wir Demokratie und westliche Kultur. Und das heißt im Kern: Kapitalismus. Wir brauchen ihre Ressourcen und stellen sie ruhig, so wie bei uns selbst schon alles ruhiggestellt ist. Wir werden unaufhörlich manipuliert. Vierzigtausend Menschen sterben jedes Jahr an Grippe, wenn aber dann zehn am Verzehr von Sprossen sterben, ist das eine Pandemie. Achthunderttausend sterben an Hunger und gleichzeitig fährt irgendein Depp mit seinem Dienstwagen privat durch die Gegend, was wird wohl länger in den Schlagzeilen sein. Schauen sie sich das Fernsehprogramm an. Und uns wird eingeredet, dass wir das so wollen. Uns wird auch eingeredet, dass wir dies und das dringend benötigen, um dabei oder in zu sein. Hauptsache wir konsumieren, geben Geld aus, dass andere dann wieder verdienen. Je mehr unten den Geldstrudel in Gang halten, desto besser sprüht oben die Fontäne für die wenigen, die richtig verdienen."

Ich schaue vergnügt auf die junge Dame am Nebentisch, die per Handy ihrem Gesprächspartner mitteilt, wo sie ist und was sie gerade isst.

Zu mir hin gebeugt, mit

übereinandergeschlagenen Beinen, die Hände im Kreis um die Kaffeetasse gelegt, nimmt seine Stimme einen verschwörerischen Ton an und wird leiser.

Noch während ich denke, dass diese Haltung nicht bequem sein kann, klärt er mich weiter auf.

„Die Politik und die Medien sind zu Handlangern verkommen."

Kurzer Blick in die Runde, der Löffel wird auf der Untertasse gerade gerückt.

„Über Jahrhunderte haben sich kleine Gruppen gebildet, die genau wissen, wie das Spiel gespielt wird. Einige haben übertrieben und sind gescheitert, andere sind im Hintergrund geblieben und steuern fern. Oder glauben sie wirklich, dass diese aufgeblasenen Banker, die in den Medien zu sehen sind, wirklich was drauf haben und selbst bestimmen können, wo es lang geht? Nein, man lässt sie Geld ohne Ende verdienen, solange sie gefügige Marionetten sind, das Spiel in Gang halten und nicht aufmucken. In der Industrie läuft es genauso, oder glauben sie wirklich, die Manager hätten diese aberwitzigen Gehälter verdient. Nehmen sie unsere Politiker, wer soll denn wirklich glauben, dass diese Menschen so viel mehr Kenntnisse und Wissen besitzen? Die sollen wirklich um so viel intelligenter sein, müssen ihre Reden aber immer noch ablesen, mehr noch, sie bekommen die von anderen geschrieben."

So langsam habe ich den roten Faden gefunden, gleich wird sie kommen, die ultimative Frage.

Und da ist sie schon.

„Haben sie sich noch nie gefragt, wer hinter allem steckt?"

Doch, habe ich, mein Freund, aber die Antwort muss ich dir schuldig bleiben.

Interessant, einem Monolog zu zuhören und gleichzeitig ein Selbstgespräch zu führen.

„Das fängt im Kleinen schon an, auf lokaler Ebene. Und bevor die Masse mitspielen will, gibt man ihnen globale Netzwerke, wo jeder jedes Freund sein kann. Die wirklich wichtigen Netze bleiben unsichtbar."

Ich habe mich immer schon gefragt, woran die Beteiligten sich erkennen, unterdrücke die Frage jedoch, sie könnte zu ironisch wirken.

Nach und nach werden mir bei einer zweiten Tasse Kaffee die Zeichen und Regeln aufgezeigt, kaum sichtbar aber immer und alle Zeit schon vorhanden. Die berühmte Dollarnote darf natürlich nicht fehlen, ebenso wenig die Katarer, die Mondlandung, die keine war, und natürlich Area Fifty One.

Langsam keimt eine gewisse Ungeduld in mir auf und meine Gedanken schweifen ab. Ich ergänze meine Abwesenheit mit kurzem Kopfnicken und Kaffeeschlürfen. Sonst schlürfe ich nicht, aber hier und jetzt kann es als akustische Anteilnahme herhalten. Ich schaue dem Mann nach, der gerade bezahlt hat und seinen Fuß von dem Prospekt nimmt, welches dermaßen befreit sofort das Weite sucht.

Was ich jetzt auch gerne täte, aber Kellner und Kellnerinnen haben diese eigenartige Berufskrankheit, immer dann, wenn man sie anschaut, diskret wegzusehen. Sie haben ihre Blicke überall, wenn man aber zahlen will, strafen sie einen mit jener blicklosen Unbekümmertheit, die dich leicht aufbrausend nach ihnen rufen lässt, was sie wiederum gar nicht verstehen können, denn sie sehen ja alles.

Außer, du willst zahlen.

Während im akustischen Hintergrund die allgegenwärtigen Zusammenhänge zwischen Macht und Herrschaft weiter seziert werden, denke ich mir, dass ein wenig Wahrheit schon dran ist. Wenn auch anders als unser junger Mann naheliegenderweise denkt.

Schon im Mittelalter wurde es ausgesprochen: ‚homo homini lupus'.

Der Mensch ist des Menschen Wolf.

Gib irgendeinem Trottel einen Titel, einen Posten, eine herausragende Position, wähle geschickt einen dieser Trottel aus, die nur sich selbst darstellen können und sonst über keine weitere Eigenschaft verfügen, dann kann das Spiel erneut beginnen.

Und die Regeln des Spiels sind einfach und wirksam.

Geld zu Geld, Macht zu Macht, Skrupellosigkeit und Fehlen jedweder Moral wird allerdings vorausgesetzt. Mit einem Wort: Gier.

Irgendwer hat einmal von der Kain - und Abel - Theorie gesprochen, ein anderer von der wahren

Macht der Dilettanten.

Vielleicht leben wir auch mittlerweile im Jahrhundert der Dilettanten, in dem der Unterschied zwischen Kennen und Können verschwindet, in dem jeder alles kennt oder doch zumindest jemanden kennt, der es kennt, oder jemanden kennt, der jemand kennt, der es vielleicht wirklich kennt.

Irgendwie ist es mir gelungen, die Aufmerksamkeit der Bedienung zu erhaschen: Ich darf zahlen.

Mit einem verschwörerisch gehauchten: „Wir werden beobachtet", mache ich mich eilig davon, kunstvoll einen Slalom zwischen Stühlen und Tischen mit den telefonierenden Menschen hinlegend, immer weiter von den Verschwörungen und Geheimnissen weg.

Schaue noch einmal über die Schulter und sehe ihn da sitzen, leicht verstört die anderen beobachtend um herauszufinden, wer ihn denn selbst beobachtet, dabei in der leeren Kaffeetasse rührend.

Weitere Texte des Autors

Veröffentlichungen in Anthologien:

Matthias Schneider, Gesegelt werden in: Anders reisen grenzenlos: Seewärts. Geschichten von Wind, Sand und Meer. Hrsg. Niko Hansen, Rowohlt 1983

Matthias Houben, Häringsblut und Gottesurteil in: aufgebockt und abgemurkst Hrsg. Regine Kölpin KBV 2012 ISBN: 978-3-942446-42-6

Matthias Houben, Der Prerow Effekt in: Muscheln, Möwen, Morde Hrsg. Regine Kölpin KBV 2012 ISBN: 978-3-942446-62-4

Matthias Houben, the same procedure in: chillen, killen, campen Hrsg: Regine Kölpin KBV 2015 ISBN 978-3-95441-224-2

Romane und Erzählungen:

Matthias Schneider, Unterwegs, Stories und Geschichten ISBN 978-3842349650 / als eBook EAN: 9783844874877

Matthias Houben, Experten, Ein Kurzroman als eBook (bis August 2014 EAN:9783845010687) ab Oktober 2014 Verlag 110th
Epub ISBN 978-3-95865-153-1 / Mobi ISBN 978-3-95865-154-8

Matthias Houben, Begegnungen, Drei Kurzgeschichten von merkwürdigen Begegnungen als eBook ASIN B008XYKFKU

Matthias Houben, Brain Cloud, ein futuresker Kurzroman als eBook neobooks selfpublishing ISBN 978-3-8476-8973-7

Weitere Informationen über den Autor Matthias Houben auf seiner Webseite:

http://www.litbit.de